ROBSON VIEIRA DA SILVA

EXPLOSÃO DE PAZ

Poemas para celebrar a vida

GERENTE EDITORIAL Roger Conovalov	
PROJETO GRÁFICO Lura Editorial	Todos os direitos desta edição são reservados a Robson Vieira da Silva
DIAGRAMAÇÃO Juliana Blanco	LURA EDITORIAL – 2019 Rua Rafael Sampaio Vidal, 291
REVISÃO Gabriela Peres	São Caetano do Sul, SP – CEP 05550-170 Tel: (11) 4221-8215
CAPA Lura Editorial	Site: www.luraeditorial.com.br E-mail: contato@luraeditorial.com.br

Todos os direitos reservados. Impresso no Brasil.

Nenhuma parte deste livro pode ser utilizada, reproduzida ou armazenada em qualquer forma ou meio, seja mecânico ou eletrônico, fotocópia, gravação etc., sem a permissão por escrito do autor.

Catalogação na Fonte do Departamento Nacional do Livro
(Fundação Biblioteca Nacional, Brasil)

Silva, Robson Vieira da
    Explosão de paz / Robson Vieira da Silva. 1ª Edição, Lura Editorial - São Paulo - 2019.

ISBN 978-65-80430-48-2

1. Poesia brasileira I. Título.
                                        CDD - B869.1

Índice para catálogo sistemático:
I. Poesia .B869.1

www.luraeditorial.com.br

ROBSON VIEIRA DA SILVA

EXPLOSÃO DE PAZ

Poemas para celebrar a vida

lura

Apresentação

Este livro compreende uma coletânea de poemas escritos entre 2016 e 2019. A maioria dos temas foi extraída da experiência, do intimismo e da sensibilidade do autor no auge de sua adolescência da terceira idade, com algumas vertentes surreais.

Os poemas representam um rito de passagem para celebração da liberdade criativa, da gratidão pela vida e do sentimento de paz interior. Por essa razão, é um livro com a chancela da felicidade, com versos repletos de vida, paz, amizade, sonhos, bondade, pessoas e amor, entre outras riquezas da alma.

O antagonismo das palavras do título do livro *Explosão de Paz* representa a intensidade requerida ao sentimento de mansidão da mente em direção à paz interior, como resultado da superação de obstáculos no caminho e graças aos ensinamentos colhidos ao longo da trajetória.

Em nenhuma hipótese os versos têm o propósito de reverenciar a tristeza ou as sensações deslocadas da felicidade, mesmo diante de realidades conflituosas. Pelo contrário, a menção de qualquer palavra destoante da paz ou da serenidade constitui-se de estímulo e inspiração para o crescimento natural do ser humano.

    Os poemas são especialmente dedicados às pessoas que têm o olhar de esperança e da voz ativa para a paz, um mantra poético de maturidade e fraternidade para idealização e construção de um mundo mais humano, simples e repleto de felicidade.

    FELICIDADE É A EXPLOSÃO DE PAZ NA ALMA E NO CORAÇÃO.

Abraços fraternos,

Robson Vieira da Silva
Brasília (DF) e Coronel Fabriciano (MG).
Primavera de 2019

ENTRE EM CONTATO COM O AUTOR:
E-mail: robsonrvs@bol.com.br
Instagram: @robsonrvs.silva
Facebook: facebook.com/robsonrvs.silva

Dedicatória

A obra é dedicada a todas as pessoas cujo objetivo na vida é propagar o bem, a paz e o amor. Agradecimentos especiais para:
    Minha esposa Zezé, por mais de três décadas de amor e cumplicidade.
    Meu anjo Fernanda Silva, filha iluminada pelo sonho incondicional de amor.
    Minha mãe Inês, símbolo da mulher guerreira e virtuosa, pelo amor dedicado aos filhos.
    Meu pai Almiro, pelos ensinamentos da vida.
    Meus irmãos Ronilson, Ronaldo, Rony e Jaqueline, pelo respeito mútuo, amor e amizade.
    Minhas irmãs do coração Renata, Carol e Regislaine, além do irmão Wanderley, pela amizade e fraternidade.
    Meus sobrinhos Arthur, Maria Clara, Júlia, Alice e Luiza, pela beleza e pureza desenhadas no rosto.
    Os amigos do peito de Coronel Fabriciano (MG), Ipatinga (MG), Recife (PE) e Brasília (DF), pela felicidade da convivência.

Sumário

O despertar da paz 12
Perseverança 14
Natureza sábia 16
Sonho de menino 17
Fruta do suor* 18
Mão divina 19
Essência 20
Gentil 21
Lágrimas 22
Clamor pela paz 25
O íntimo do silêncio 26
Índio solitário* 27
Sabor de amizade 28
Multidão de almas 30
A mulher dos sonhos* 31
Presença distante 33
Asas do tempo 34
Sorriso dos encantos 35
Amor do passado 36
Teus lábios 38
Voz mineira 39
Deusa 41
Dentro do coração 42
Sintomas de você 43
A mulher mineira 44

Círculo do amor 45
Diante de ti 46
Pérola negra 47
Estrelas 48
Voz da alma* 51
Doce menina* 52
Pessoas do coração 53
Ser simples 54
Guitarra divina* 55
Canção do coração 56
Somente você 57
Sofrência 58
Sangue na alma* 59
Irmão amigo 61
A força do girassol 64
O desapego 65
Quero ser rei 66
Longe da vaidade 67
Pássaro amigo 69
Gravata 70
A montanha 71
Anônimo 73
Sou 74
Presente da vida 76
Maturidade 78
O girassol sábio 79
Amigo da solidão 80
Olhos marejados 81

Guerreiros do silêncio* 82
Tanta pressa.. 83
Clave de sol na Lua 84
Perdão é liberdade 85
Meta.. 86
Amor pela vida.. 87
A melhor viagem 90
Evolução 92
O último voo 94
Desafio aos olhos.. 95
Colmeia no coração.. 96
Espantalho ético.. 98
Viagem ao vento... 99
Respeito à rainha... 100
O silêncio da mente 101
A exuberância do perdão 102
Simplesmente em paz 104
Do outro lado do rio 107
Vaga-lumes.. 109
Toda forma de poder 112
Trincheira... 114
Chuva da paz... 116
Os sentidos do silêncio 117
A dicotomia do abismo 118
Senhor do tempo.. 119
Olhos da verdade.. 122
Presente de Natal.. 123
Recado de paz 124

Todo desejo 125

Liberdade 126

Mágico em sonhos 127

Seu colo 128

Meditação 129

Céu que chora 130

Anjo 132

Dialética entre o amor e a paixão 134

À noite 136

Paixão e respeito 137

Homem de honra* 138

Tempo de sonhos* 139

Verdade da paz 141

Sonho e gratidão 143

Explosão de paz 144

O despertar da paz

Chega um momento,
No caminho do infinito,
Que é preciso despertar,
Impingir um novo olhar,
Sereno e pacífico,
Se possível,
Doce e gentil,
Se plausível,
Porque a vida precisa viver.

Nada interessa, senão a paz de espírito,
A serenidade de contemplar a natureza,
De lembrar com doçura do amor vivido,
De rir da superação de qualquer tristeza.

Nada interessa, senão agruras finitas,
Que são as nossas lições aprendidas,
De se permitir apenas ser sem meta,
De não ter relógio para ter hora certa.

Nada interessa, senão a família unida,
Naquela sensação de missão cumprida,
Ou daquele erro lambuzado de inocência,
De saber que pessoa é maior que ciência.

Nada interessa, senão conhecer a marcha,
Conceber que o caminho é impermanente,
Saber que sorrir ao léu é ouro que relaxa,
E que solidão é amor-próprio de presente.

Nada interessa, senão ter a bênção da filha,
Saber que felicidade é questão de escolha,
Escolher ser feliz na escassez de uma ilha,
E esconder a ansiedade na prisão da bolha.

Nada interessa, senão o caminho do bem,
Nadar no mar da bondade sem vaidade,
Abraçar a pessoa sem saber de onde vem,
Pôr os pés no chão de poeira de humildade.

Nada interessa, apenas o silêncio.
Nada interessa, somente a paz interior.
Nada interessa, senão a celebração da vida.

Perseverança

Perseverança,
Palavra tão longa
E crucial na vida,
Que é tão curta,
Mas que se alonga,
Pela perseverança.

Caminhar ou correr,
Não importa a velocidade,
Nem as pedras pedagogas,
Nem os espinhos das rosas,
É preciso apenas continuar,
É necessário persistir,
Manter a trilha planejada,
Para o sentido adequado,
Com ética e moral do lado.

Caminhos obscuros,
São duros desvios da vida,
Cheios de pedras pontiagudas,
Que machucam os pés,
Que espetam a alma,
Mas que clamam
Persistência
Para sair da trilha ardilosa,
Deixando o escuro para trás,
Fundindo a luz com a paz.

Se o corpo cansar,
Pare para descansar,
Sente-se à sombra da árvore,
Respire o ar puro que brota,
Sinta paz nos pensamentos,
Leve mansidão ao propósito,
Levante-se novamente,
Com a alma revigorada,
E perseverança na estrada.

Natureza sábia

Se você cair,
Sorria e levante seu corpo.
Sabe aquela árvore atingida pela tempestade?
Permanece viva pelas suas raízes profundas.
O ser humano tem dentro da alma a coragem,
Que é raiz firme que prolonga a nossa viagem.

Se você chorar,
Sorria e permita-se molhar.
A chuva alimenta as florestas de verde,
Enche as nascentes, os rios e os lagos,
Suas lágrimas limpam a dor do coração,
Naufragam a mágoa e o inundam de emoção.

Se você se cansar,
Sorria e volte à trilha.
O clima seco dificulta a vida da caatinga,
Mas ela insiste impávida no solo árido.
O caminho é amigo de fé da perseverança,
E desistir é entregar sua força e confiança.

Se você desbotar,
Sorria e ria de si mesmo.
O espaço evoca liberdade e magnificência,
Lua e estrelas como testemunhas celestes.
E o Sol ardente não perde sua luz ao entardecer,
Ele apenas descansa para brilhar ao amanhecer.

Sonho de menino

Sonhar o futuro distante,
Com desenhos da trilha,
Correr, tropeçar e cair,
Levantar-se, respirar e partir.

Lembrar o tempo presente,
E a vibração do momento,
Trabalhar, conviver e cair,
Levantar-se, suspirar e sorrir.

Estar no momento futuro,
Paz de espírito na alma,
Relaxar, repousar e cair,
Levantar-se, meditar e sair.

Ser menino é sonhar,
Sonhar é ser menino,
E o menino sempre cai,
Para depois se levantar.

Fruta do suor*

Força e perseverança nos passos
Demonstram a lição do ato de ser,
Mulher guerreira com frutas em cachos
Solta a voz e o peito com garra de viver.

A simplicidade encanta o mesmo menino,
Um privilégio de conhecer a rara disciplina,
De uma mulher para quem se toca o sino,
Em reverência para a rainha que nos ensina.

Braços roliços e rígidos com a gana de vida,
O corpo representa a raça da Maria de Brant,
Mesmo nome e referência da mulher vivida,
Cujo suor corre na face para vencer adiante.

---

* Este poema é uma homenagem à Dona Maria das Bananas, mulher guerreira que trazia a fé e a vida no cesto de bananas que vendia no Bairro Amaro Lanari, na cidade de Coronel Fabriciano (MG), nas décadas de 1970 e 1980. No silêncio do seu exemplo, ela foi fonte de inspiração do menino para moldar o caráter do homem.

Mão divina

O olhar generoso daquele menino
Irradiou luz ao ser da lembrança.
Parece que o badalar de um sino,
Bateu no coração daquela criança.

Seres simples e distintos em vida,
Criaram sintonia pelo tema igual,
Um ancião de áurea rara e vivida
Ensinou pelo silêncio o valor moral.

Com marcas da vida na pele branca,
O senhor simples com brilho na mão
Iluminou de amor a trilha da criança,
E tornou-se ninho para a inspiração.

As décadas viajaram com o tempo,
E o súdito permanece no remanso.
A rocha não se muda com o vento,
E o mestre deve estar no descanso.

Essência

O menino carente que sonhou na infância,
Evoluiu, rompeu barreiras e plantou laços.
E o voo permanente por longa distância
Fortaleceu o pássaro guerreiro no espaço.

A águia intrépida, com vivacidade e porte,
Pousou na árvore daquele sonho infantil,
Que tem raízes profundas e galhos fortes,
Com frutos maduros de essência gentil.

Ao longo do tempo, desde o início da luta,
Princípios morais foram asas presentes,
E nas entrelinhas da biografia e da labuta,
A águia pousou com essência permanente.

O homem e a águia são espelhos do futuro,
Imagens da essência moral daquele menino,
Que sonhou, lutou e chorou no lugar escuro,
Para voar alto e cumprir seu nobre destino.

Gentil

Gosto de mim,
Desde que eu seja gentil.
Não, não comungo enfim,
Com qualquer ato hostil.

Gosto de ser gentil,
Com palavras de afeto,
Com voz suave e sutil,
E olhos no ângulo certo.

Gosto de ser gentil,
Com verdade na mente,
Na paz do sono infantil
E com bondade presente.

Gosto de ser gentil,
Porque demonstro amor,
Sem deixar de ser viril,
Se eu entregar uma flor.

E se por acaso você vier,
Com uniforme de guerra,
Dou-te minha paz se quiser,
Para que seja gentil na Terra.

Lágrimas

Se me vir chorar,
Não se surpreenda,
É momento de amor,
Um manancial mental,
Símbolo de felicidade.

Não cultivo a tristeza.
Para ela deixo a magia,
De ser singelo em viver,
E para sempre celebrar,
A bênção de conviver.

O poema me emociona,
E se nasce com melodia,
Cria canção de nostalgia.
E deixo cair uma lágrima.

A bondade é triunfante,
Toca firme meu coração,
Surge luz de compaixão.
E deixo cair uma lágrima.

O semblante da bela filha,
Espelho temporal de mim,
É flor de caráter no jardim.
E deixo cair uma lágrima.

Amigo de lealdade infinita,
Humano de abraço fraterno,
Alma nova ou aliado eterno.
E deixo cair uma lágrima.

A imponência da natureza,
Flora e fauna na moldura,
Árvore com fruta madura.
E deixo cair uma lágrima.

Minas Gerais e sua cultura,
Sabores, amores e pessoas,
Lugar de gente de alma boa.
E deixo cair uma lágrima.

A família de amor de sangue,
Cresceu forte com admiração,
Criou elos ligados de emoção.
E deixo cair uma lágrima.

A mulher de paixão e guerra,
A gana da parceira do amor,
E na labuta da luta do sabor.
E deixo cair uma lágrima.

Em meio século de simplicidade,
Raros diamantes foram criados,
São luzes refletidas nos olhos,
Lágrimas com amor espelhado.

*"A águia intrépida, com vivacidade e porte,
pousou na árvore daquele sonho infantil..."*

Clamor pela paz

Se o coração clamar pela paz,
Ouça a voz doce da sua alma,
Feche os olhos para a tristeza,
E sonhe na calma da Lua acesa.

Se o coração clamar pela paz,
Trabalhe muito para conquistar,
Esqueça a ambição da riqueza
E deixe-a isolada na correnteza.

Se o coração clamar pela paz,
Conviva com pessoas simples,
Elas têm olhos de sinceridade
E mente desprovida de maldade.

Se o coração clamar pela paz,
Contemple a obra da natureza,
Paisagens, chuva e pés na terra
São remédios que curam a guerra.

Se o coração clamar pela paz,
Permita que sua criança apareça,
Sorria, pule e corra para a alegria,
Deixe sua vida ser festa e fantasia.

Se o coração clamar pela paz,
Viva o presente com intensidade,
Passado é fonte de aprendizagem,
E futuro ainda é destino da viagem.

O íntimo do silêncio

A alma revela a dor do perigo,
Então vou para o abrigo amigo
Para pacificar a vida e a alma.
A decisão da paz e da calma.

Nas entranhas da mansidão,
O equilíbrio é sem tensão,
A palavra brinda a alegria,
Mas silenciar é pura magia.

Ouvir a voz terna e interna
Parece a palavra materna.
Silêncio é eterna paz interior,
É tirar a dor e brindar o amor.

Como o pássaro que voa,
Cala tua fala para a sorte.
O sino sabe no badalo que soa,
Que o silêncio toca mais forte.

Índio solitário*

Eu estou sozinho.
Porque não quero você comigo,
Serei o meu único dileto amigo,
Eu, com a natureza em simbiose,
Solitário índio sem metamorfose.

Orvalho e água se misturam,
Galhos e árvores murmuram,
Pássaros e animais em cantos,
Para formar a orquestra da selva,
Enquanto fico na plateia da relva.

Chuva, Sol e cachoeiras na Lua,
Caças e peixes em abundância,
As frutas e frutos matam a fome
Na cidade verde com rios tortos,
De lápides invisíveis dos mortos.

A perda espera-me no fim da rota,
Meu fim não é no meio da estrada,
A vida indígena no buraco da paz
Evoca a coragem e a simplicidade,
Flechas que aniquilam a vaidade.

A ilusão da soberba é clara e finita,
Na cidadela de humanos de pedra,
Fantasmas que rondam as mentes,
Os doentes das sombras em cena,
Que a morte com a vida contracena.

Eu estou sozinho.
Porque não quero você comigo,
Serei o meu único dileto amigo,
Eu, com a natureza em simbiose,
Solitário índio sem metamorfose.

* Este poema é uma homenagem ao "Índio do Buraco", que vive isolado na Terra Indígena Tanaru, na Amazônia brasileira. Ele é o último remanescente de uma tribo de índios que foi dizimada nas décadas de 1980 e 1990.

Sabor de amizade

Lágrimas de sal,
São olhos marejados pelo calor,
Da cálida nostalgia do tempero,
Que tem cheiro e sabor mineiro.

Lenha que queima,
A explosão musicada na memória,
Com percussão no ritmo da gordura,
Proteínas quentes em vulcão de gula.

Pranto no prato,
A comida com lembrança da infância,
Índios e africanos no fogo do fogão,
Culinária vasta com pitadas de coração.

Palavras doces,
Uma alquimia das frutas com o mel,
Deleite em harmonia com os queijos,
Geleias de amor conservam desejos.

Fé com café,
Compartilham as pessoas na mesa,
Que adoçam os ouvidos da maestrina,
Café e guloseimas com mão feminina.

E nas iguarias ofertadas com fartura,
Repousa a magia da cultura secular,
Sempre a maneira mineira de candura,
Para fazer amigos eternos para amar.

Multidão de almas

Não são corpos físicos,
São almas que vagam.
Em cada face, um brilho;
Em cada rosto, uma sina,
Madura ou em formação,
Com o olhar para dentro.

Seres que se entrelaçam,
Mas se nomeiam anônimos,
Caminhos únicos ou opostos,
Que se perdem e se encontram,
São almas com corpos expostos.

O corpo prende a mente ao chão,
Que corre com a pressa da luta,
Na labuta diária para ter espaço,
No espaço do corpo em passos,
No escopo da meta com laços.

A mulher dos sonhos*

Aporta a seriedade
E a guerreira sisudez,
Importa a eterna vitalidade,
A pura sensatez
Da mulher dos sonhos,
Marcados para sempre
No espelho da vida,
Retrato da mente vivida.

Ela transforma a águia,
Em seu ninho vistoso,
Em mera coadjuvante
De seu brilho afetuoso.
Transporta o amor materno,
Trilhado na mente,
Para a protagonista águia,
Em forma de gente.

Enaltece o semblante,
Em um rompante,
Na mente do ser,
Com amor estonteante.
Esguia-se no azul do céu,
Sempre rumo aos sonhos
Regados de sentimento.

Calam-se os deuses, perplexos.
Onde poderia caber tanta nobreza?
Recôndita, sem publicidade ou nexo,
Refinada diante de tanta beleza?

Ela contraria o presente,
Rumo ao equilíbrio eterno,
Enquanto as suas virtudes
Suplantam a natureza
Com a pujante simplicidade
Da sua grandeza.

* *Este poema é uma homenagem à Maria José Rigueira Silva (Zezé), minha esposa e companheira por mais de três décadas cheias de amor e cumplicidade, virtudes que foram essenciais para a vinda da Fernanda, nosso amor maior.*

Presença distante

Naquele tempo
Brotou a amizade.
Flor e flerte no mar.

Não muito distante,
Nasceu a vontade.
Fruto e fruta no pomar.

Hoje,
Cresceu a verdade.
Cheiro e choro no ar.

Amanhã,
Germina a maturidade.
Fogo e festa no lar.

Na eternidade,
Nasce a saudade.
Eterna sede de amar.

Asas do tempo

Nos voos idílicos do pensamento,
A lembrança e o sonho navegam.
Tem saudade vinda com o vento
Que as asas do tempo carregam.

A mente, com sentimento indolor,
Tem o toque harmônico do calor.
O passado é sinônimo de amor,
Que vem lépido na voz do cantor.

A poesia musicada entoa o canto
E aguça a mente em raro encanto.
A melodia fatal emana seu pranto,
Caem gotas que molham o manto.

A voz se perde na longa distância
E o som grave ecoa na lembrança
Que fica guardado na adulta infância.
A vida é evolutiva e o homem avança.

Na tarde: o olhar mira o horizonte.
Na pele: a brisa do litoral é ardente.
Na areia: o reflexo mental da ponte.
Na reflexão: a vida voa para frente.

As curvas e retas no caminho visual
Transbordam o espírito e a calma.
No tempo e na distância mental,
O ser raro permanece na alma.

Sorriso dos encantos

Traços simétricos,
Pintados na tela cativante,
São belas curvas labiais
Que enfeitam a face
Para um verso poético.

O tempo é seu amigo,
O vento sopra do coração
E quer explodir pela boca
Para celebrar a vida,
Que é tão eterna
Quanto sua beleza.

Não importa o motivo:
Se um novo amor,
Ou mesmo a distância,
Física e temporal,
De quem já passou,
E ficou no encontro.

O amor não morre,
Fica preso no tempo.
Quem ama deixa ir,
E quer a felicidade
Da alma que se foi
Para sempre sorrir.

Amor do passado

O tempo voa sem trégua no espaço,
Leva nas asas o mistério do amor,
O semblante da mulher como laço,
Que captura todo passado sedutor.

A vida precisa do tempo como caminho
E a mulher amada é parte da lembrança,
Um amor do passado pintado de carinho,
Que restou preso no tempo como criança.

A convivência do amor foi mestre de viver,
E fonte para o tempo futuro da maturidade.
O amor do passado é cúmplice, sem saber,
Do presente da vida, de respeito e lealdade.

A vida e o tempo são parceiros pelo caminho finito,
Carregam nos corações os presentes de alto valor,
E o sonho tem o poder de levar gratidão e amizade
Para o amor do passado com uma perfumada flor.

"E o sonho tem o poder de levar gratidão e amizade para o amor do passado com uma perfumada flor."

Teus lábios

A paisagem facial exala sentimentos
E cada linha da beleza tem sua cor.
É moldura feminina em movimento,
Seu rosto brilha e evoca seu valor.

Salta aos olhos o saboroso fruto labial,
De polpa carnuda, tenra e exuberante,
Que provoca o desejo do beijo sensual.
Teus lábios têm sabor do mel brilhante.

A forma simétrica da fruta madura
Leva inveja às linhas da tela de Monet.
Uma rara expressão da doce candura,
Teus lábios acendem a luz do querer.

O balanço dos lábios trêmulos e carnudos
É incentivo para o pensamento a flutuar.
No vento da voz musical com som agudo,
Teus lábios inspiram para sempre amar.

A tez vermelha na trilha do meu olhar
Cria um campo magnético sedutor
Para a atração final do ato de beijar.
Teus lábios sopram vida e calor.

Voz mineira

Uai! Diz a mineira
E o homem cai.

Uai, sô! Ela fica atônita,
E o homem desmaiou.

E tudo é trem!
E que trem de luxo é a mulher mineira!
Uma locomotiva em alta velocidade.
Na fala, os vagões ficam pela metade
Para depois voltar a engatar.
E o trem descarrilha na trilha do olhar.

A mineira faz laços sem dó,
Sabe, não é fácil desatar seu nó.
Por mais que ela ameace,
Sempre tem um doce enlace.
Toda mineira é alegria,
Mulher de pura nostalgia.

E você sabia
Que nu pode ser a maior surpresa?
E se você ouvir,
Não dê um nó na cabeça!

E por que tudo é tão pequeno?
É fácil demais, uai!
Mineira quer ser um passarinho
Para voar de volta para o ninho
E nunca deixar você sozinho.

E pela conterrânea eu me encanto,
E canto nos cantos dos encontros,
Que nascer em Minas é honra de ser,
A mulher mineira é flor rara de se colher.

Deusa

Lembro de sua pele macia naquela face jovial,
E da simetria divina no desenho do contorno.
Nossos olhos brilhantes como cores do vitral,
Seu olhar fixo colorido de azul como adorno.

Sobrancelhas curvilíneas de ângulos acentuados
Parecem invejar os seus cílios longos e naturais
Que protegem as pérolas dos seus olhos marejados
De emoção compartilhada pelos encantos imortais.

O nariz harmônico cria sintonia com a beldade facial
E integra a orquestra da beleza feminina imponente.
Sinto que a atmosfera seleciona o oxigênio especial
Para servir de inspiração dessa mulher onipresente.

Seus lábios carnudos se assemelham a frutas vermelhas,
São brilhantes, macios, suaves e de superfície aveludada,
Parece que o pincel mergulhou inteiro no mel de abelha,
Para tentar vencer a doçura angelical da mulher amada.

Cabelos longos e loiros voam livres ao sabor do vento,
Imagem celestial em cumplicidade com a mãe natureza,
E a visão da mulher parece ser uma canção de acalento,
Pela perplexidade e passividade diante de tanta beleza.

A orquestra harmônica facial retoma o campo do olhar
Cuja estética simétrica parece ser uma obra escultural.
E em reverência ao belo monumento que me faz sonhar,
Beijo sua bochecha rosada pela timidez do amor sideral.

Dentro do coração

Eis-me aqui,
Peito aberto ficou para trás,
O símbolo do amor na retina,
Que me lembra o sonho de paz.

Eis-me aqui,
Nas linhas físicas da compaixão humana,
Que ficam nas mãos da expressão de afeto,
E representam plenitude do homem com gana.

Eis-me aqui,
Nas batidas em ritmo harmônico,
Que levam paixão ardente ao corpo,
Sangue vermelho do amor platônico.

Eis-me aqui,
E os tambores continuam o rito da percussão,
Pulsante, forte e vibrante com a dádiva de ser,
Mas com infinitas partes rígidas na sua feição.

Eis-me aqui,
O coração explica que amar é sentimento de respeito,
Os pedaços distintos são energia de corações alheios
Que simbolizam cada mulher amada eternizada no peito.

Sintomas de você

Quando te vejo,
Meu coração acelera,
As batidas desafiam o ritmo,
O corpo se transforma em fera
E os tímpanos gritam com o sino.

Quando te vejo,
O suor desce pela face vermelha,
A boca trêmula fala sem coerência
E dos olhos saem raios de centelha
Para queimar a mente em turbulência.

Quanto te vejo,
Os pelos eriçados magnetizam o ar,
Lágrimas cálidas molham meu rosto,
Meus desejos sentem a alma flutuar,
Uma jornada lúdica do ser transposto.

A mulher mineira

As montanhas elevadas e sinuosas
Iluminam-se para enfeitiçar a retina
E com curvas imponentes e viçosas
Invejam a silhueta mineira feminina.

Com palavras cortadas e depois unidas
Criam um dialeto de sonoridade sensual.
Ouvir a mulher mineira é dádiva da vida,
Deusa adornada pelo sotaque angelical.

Os sabores guardados na mesa generosa
São súditos do doce cheiro da flor mineira
Que nasce no campo de pedras preciosas
Para cintilar alterosa e transpor fronteiras.

E enquanto a dama mineira vem inebriante,
Meu olhar de idolatria volta-se para o céu
Para ver a Lua sorrir para a mulher radiante
E convidá-la para ser estrela ao cair o véu.

Círculo do amor

Nossa vida é um círculo emocional,
Cheia de sensações e aprendizado.
E nas linhas retas e tortas das rotas,
Nós deixamos amor para ser amado.

Mas a tarde chuvosa trouxe a perda,
Naquele ponto sul da circunferência,
Eu rumei lacrimoso para a esquerda,
Você foi para direita sem conivência.

Com olhos molhados pela dor da ida,
Trilhamos novos trajetos antagônicos.
E na linha curta do perímetro da vida,
O tempo selou nosso destino irônico.

Mas a vida é um campo de incertezas,
Tem flores e espinhos com surpresas,
Mesmo com metas e setas contrárias,
Reencontro-te no ponto norte da área.

Compreendi o lado esquerdo da trilha,
E você a estrada da direita do círculo,
Para unir as metades dos perímetros,
E criar novo ponto de partida do ciclo.

Enamorados com paz e maturidade,
E corações no ponto sul do circuito,
Viajamos para o norte da felicidade
No trajeto do diâmetro sempre finito.

Diante de ti

Eu me ponho aqui,
Diante de ti,
Paixão de juventude,
Fantasias de ontem,
Para ser seu homem.

Eu me ponho aqui,
Diante de ti,
Veneração explícita,
Por uma deusa real,
Mulher sobrenatural.

Eu me ponho aqui,
Diante de ti,
Amor de verdade,
Com seu abraço forte,
Ser humano de sorte.

Eu me ponho aqui,
Diante de ti,
Amantes em sintonia,
Sangria no meu peito,
Raro amor de respeito.

Pérola negra

De longe sinto um magnetismo sensual
Que me leva para a presença feminina.
Olhos grandes e pretos no jardim facial,
É uma hipnose de amor que me domina.

A pele noturna intensifica a minha paixão,
Aquela chama de mulher ilumina o amor,
Incendeia a felicidade dentro do coração,
A deusa negra de brilho aceso e sedutor.

Seus lábios salientes chamam para vida,
Separam-se para nascer o sorriso fatal,
Que transporta sua luz da beleza ungida,
Para a mente do súdito de amor celestial.

Os cabelos vistosos convidam para o toque,
São plumas pretas acolchoadas em junção,
Que formam o veludo macio do belo coque,
Fios entrelaçados com agulhas do coração.

As curvas faciais harmonizam com a dama,
Olhos de pantera e lábios banhados de mel,
A mulher bela com delírios para quem ama,
Terna como o vento e eterna como o céu.

Estrelas

Uma estrela do céu
Desceu de repente.
Deixou mais escura,
A noite onipresente.

Perto com sua luz,
Disse-me radiante:
Trago uma canção
Da amada distante.

E pôs-se a cantar,
Melodia de arrepio,
Com a voz serena,
Poema de calafrio.

Os versos de amor
Inundaram o olhar
E a estrela falante
Parou para chorar.

E com voz trêmula,
Regada de emoção,
Voltou para a noite
E luziu na escuridão.

Eu, só de saudades,
Com coração partido,
Criei-me uma estrela
E voei para o infinito.

No distante firmamento,
Em noite de lua cheia,
Tem milhões de astros
Que cintilam em cadeia.

Mas com brilho especial,
Luz como raro diamante,
Tem um par de estrelas,
Nós dois como amantes.

"Meu olhar de idolatria volta-se para o céu para ver a Lua sorrir para a mulher radiante e convidá-la para ser estrela ao cair o véu..."

Voz da alma*

O súdito pede silêncio,
Os pássaros se calam,
O vento para o assobio,
Para o corpo de arrepio
Desfrutar a voz da alma.

Sou levado para o sonho
De voar no espaço sideral,
De flutuar no sobrenatural
Nesse tapete de emoções
Com destino aos corações.

Na cena da voz aveludada,
Dádiva enfeitada de poesia,
A mente liberta-se do corpo,
Para voar na paz da canção,
Ser água no olhar de paixão.

* Este poema é uma homenagem à cantora Nana Caymmi, artista que carrega a alma na voz.

Doce menina*

Divina com olhar presente,
Beleza menina e feminina,
Linda na face onipresente,
A mente que Deus ilumina.

Inteligência rara com a tela,
A filha que orgulha os pais,
O presente da vida da bela
Foi nascer para ser de paz.

Mesmo na distância física,
Sinto sua presença no ar,
A Maria Clara é metafísica,
Fica além do ato de amar.

---

* Este poema é uma homenagem à Maria Clara, a primogênita das sobrinhas, exemplo de beleza, inteligência e pureza na alma.

Pessoas do coração

Nascimento e morte são ponteiros,
Pontos sul e norte no tempo dado.
É quando se vive o próprio roteiro,
O filme de gênero que será criado.

Nas cenas do filme estão as pessoas,
Seres que dão cadência ao coração,
São amores, amigos e almas boas,
É a família na batida da percussão.

O coração solta as batidas ritmadas,
Pulsa acelerado no arrepio do amor,
Lateja lento na paz outrora almejada,
Para quase parar ao sentir desamor.

O presente de ser é trocar corações,
Para sentir as batidas do amor amigo,
Para consagrar a mente de emoções,
Para permitir crescer o desejo antigo.

Se o coração nasce dentro da criança,
O amor é a base do avanço completo,
Para o coração encorpado de bonança,
Batucar no último sopro em ritmo quieto.

Ser simples

Simplesmente viver
E viver simplesmente,
É viver a vida viva
E sempre ser simples.

Simplicidade
É viver na simples idade,
É ser simples na cidade
E viver sem vaidade.

Simplicidade nas palavras,
Nas relações com o ser humano,
É vida simples nos pensamentos,
É louvar a gentileza sem tormentos.

Na linda e simples vida,
Nascemos simples no choro da partida,
Navegamos simplesmente no mar da ida,
Para adormecer no final da corrida.

Finda a simples trajetória,
Simplesmente ir para a eternidade,
Um mundo novo de simplicidade,
Iluminado pela luz da maturidade.

Guitarra divina*

A guitarra encanta aguda,
Solta o som estridente no ar,
Cordas na sintonia dos dedos,
Fagulhas do solo de arrepiar.

Instrumentos amigos inflamam,
E harmonizam com a melodia,
A canção encantada pelo gênio,
Sonoridade digna da maestria.

A guitarra é parte do esqueleto,
Um prolongamento dos braços,
Pode ser um cérebro externo,
Que propaga arte no espaço.

Mentes e ouvidos são plateia,
Para desfrutar do som divino
Que arrebata a alma do corpo
E sela a guitarra como destino.

* *Este poema é uma homenagem a Mark Knopfler, gênio na arte da guitarra.*

Canção do coração

Ondas cerebrais conectam sinais sonoros
Que se aproximam em decibéis evolutivos,
Uma melodia sentida pela alma abre poros,
Para que pelos eriçados suspirem emotivos.

O corpo amante estremece com harmonia,
Enquanto olhos de pedra fitam à distância,
Para em ritmo lento lembrar letra e autoria,
E perpetuar o acorde livre de dissonância.

Ao fechar os olhos, a mente cria a imagem
E leva para a imaginação o amor presente,
Palco de fantasias desenhadas na viagem,
Onde sopra a melodia do som ascendente.

E na imensidão da distância ou do tempo,
Nossos caminhos se encontram na paixão,
Somos siameses de amor no pensamento,
Com um coração entrelaçado pela canção.

Somente você

Vejo você,
Na plenitude do seu ser,
Com o sorriso cativante
Na face da mulher pujante.

Quero você,
Que os anjos podem ver,
Pela candura de sua alma,
Na paz orbital de sua aura.

Adoro você,
Nesse sopro de viver,
Com vitalidade de menina,
Gana e maturidade feminina.

Amo você,
Que faz o Sol amanhecer,
Paz que brilha no pensamento,
Luz que ilumina o sentimento.

Somente você,
Que eternamente quero ter.
Para ancorar no meu peito,
E guardar seu amor perfeito.

Sofrência

Eu me despedaço
No afã de ter seu abraço
Para sentir seu calor
E todo amor em seus braços.

Eu me estresso,
Uma ânsia que confesso,
Para tocar a sua alma,
Ter todo amor que te peço.

Eu me desespero
E para sempre te espero,
Para ver a onipresença,
Seu louco amor que venero.

Eu me entrego,
Dou-te a vida que carrego,
Para ter você para mim,
Todo amor que me faz cego.

Eu te imploro,
Com lágrimas que choro,
Para afinal ser seu homem,
Todo amor que sai dos poros.

Sangue na alma*

Talvez a trilha humana
Possa ser planejada
Com sua trajetória
Desenhada em linha reta.
Mas os deuses
Têm a ousadia encantada
De criar linhas oblíquas
Em convergência direta.

A vida tem luz própria
E cria sua harmonia
Para pedir a criação
De letra e melodia.
Toda musicalidade,
Na poesia da amizade,
Para ser sempre
Declamada com verdade.

Um coração,
Entusiasta da generosidade
Jorra sangue iluminado
Na vida humana.
E a mão estendida,
Pelo ato de grandiosidade,
Tem o poder de irradiar luz
Ao ser que se inflama.

Simplicidade de pensamento
Sopra carisma no vento.
Espiritualidade na alma vivida,
Um nobre homem da vida.
Raro amigo cravado no peito,
Ser humano de respeito.
O tempo cria a maturidade
E fortalece a irmandade.

* *Este poema é uma homenagem ao amigo Luciano Nóbrega Queiroga, um irmão do coração.*

Irmão amigo

O desejo da conquista me fez forte
Para plantar flores na terra da vida.
Desafiei o Sol para colocar no solo
Sementes de sonhos para o norte.

O jardim da criança evoluiu no ciclo,
Onde tem flores com cheiro de paz,
Pétalas de cores fortes e serenas,
Mas com raiz de simplicidade plena.

A fria noite do inverno seco central
Trouxe-me um tempo contemplativo.
Os pensamentos flutuam no vento
E vagam na distância do ser amigo.

Tempo e distância são tempestade
Que criam amor na vida de saudade.
E nossa amizade da infância pobre
Permanece nobre na linha distante.

Hoje ao regar o jardim das pessoas,
Notei que na flor da nossa amizade
Tinha uma pétala murcha e com dor.
Era você na eterna luta de renascer.

Não, irmão, tua pétala não vai secar,
Nós pertencemos a uma mesma flor.
Nem que eu tenha que fazer chover,
Para no reflexo do Sol te ver brilhar.

Não, amigo, tua pétala não vai secar,
Nós somos eternos irmãos da vida,
As pétalas siamesas ligadas à flor
Que juntas farão teu coração pulsar.

Não, irmão, tua pétala não vai secar,
Porque nossa amizade cresceu forte,
Germinada da semente no solo fértil,
Regada com água límpida para amar.

Não, amigo, tua pétala não vai secar,
Viver e aprender são uma única trilha,
E tua pétala não se encontra murcha,
Ela apenas descansa para encantar.

"Nós somos eternos irmãos da vida, as pétalas siamesas ligadas à flor que juntas farão seu coração pulsar..."

A força do girassol

Aquela abelha, com seu instinto divino,
Cumpre o rito com imponência natural.
O corpo leva a semente ao seu destino,
Uma nova etapa da evolução essencial.

A semente se desprende com leveza
E cai no buraco profundo do solo duro.
Uma rocha desenhada pela natureza,
Sem fertilidade, seca e nenhum futuro.

Mas a mãe natureza tem sua maestria,
Um girassol amarelo e galhardo aparece,
Rompe o solo seco como se fosse magia,
E da intenção primeira do néctar, floresce.

Os deuses deram ao girassol seu presente,
Pela sua rara perseverança de sobreviver.
E pela disciplina, garra e força da semente,
Exalta a elegância altiva da flor que se vê.

Em paz, o girassol agradece ao Sol reluzente
E perpetua sua gratidão com olhos de amor.
Ele sabe que a vaidade é veneno da mente,
Uma faca que fere a alma da mais bela flor.

O desapego

Cantam os anjos no céu,
Encantam-se todos os mortais,
A crença na esperança abre seu véu,
A felicidade brilha nos olhos materiais.

Afagos coloridos e brilhantes,
Um mundo de coisas inebriantes,
Alcançam sorrisos de forma viril
E galanteiam o olhar infantil.

Cria-se um ambiente celestial
Para a reflexão quase angelical.
O mundo real se abstrai da vida,
E o desapego se converte em partida,
Para um sonho de equilíbrio vital.

Quisera explodir a paz e a igualdade
E o progresso das matas, rios e mares,
A riqueza da simplicidade e equidade,
Incêndio de calor humano nos lares.

A utopia das virtudes eternas
Sopram com os ventos do desapego,
Encontram-se nas mãos maternas
E no silêncio explosivo do sossego.

O verbo ter é sempre descartável,
Que deveria fugir da mente ávida
Para dar lugar ao ser afável
E viver a vida como uma dádiva.

Quero ser rei

Penso que sei,
Julgo que sou.
Quero ser rei,
Decido que vou.

Com a mente aberta,
Coração sem meta,
A alma se inquieta,
O ser humano alerta.

Que o desejo de realeza
É ouro puro de fantasia.
Ser rei pode ser tristeza,
O fruto de mera utopia.

Ser rei é ser sem ter,
Ter coroa é ser pessoa.
Ter poder é poder viver,
Ter ouro é amor vindouro.

Longe da vaidade

Se você quiser me ver,
Procure-me na Rua do Lazer,
Na cidade de Pirenópolis,
Comendo lambari frito
Longe das metrópoles.

Se você quiser me ver,
Procure-me no Mercado Central.
Lá tem fígado acebolado com jiló
E gente com a doce mineiridade,
Longe do horizonte da vaidade.

Se você quiser me ver,
Lembre-se do boteco do João.
Ele tem torresmo de barriga
E cerveja gelada no balcão,
Longe dos bistrôs da avenida.

Se você quiser me ver,
Procure-me na Amazônia,
Ou em qualquer mata natural.
Lá tem ar de natureza limpa,
Longe das feras da capital.

Se você gostar de mim,
Lembre-se das melodias.
A música dos anos oitenta,
Poemas de sonhos de paz,
Distante da sede violenta.

Se você gostar de mim,
Lembre-se da simplicidade,
Regada com papo de sinceridade,
O fermento para crescermos amigos
E sermos eternos atores da saudade.

Pássaro amigo

O pássaro caminha,
Lépido e sem medo,
Porque confia no parceiro,
Que anda atrás lentamente,
Passos leves como a neve.

O pássaro reconhece,
Com sabedoria senciente,
Que o ser humano andante
Propaga o bem com amor
E tem o prazer de conviver.

O pássaro voa
Com o instinto natural,
Porque quer apenas voar
Para ser livre como animal,
Para sentir o ar ao planar.

O pássaro e o ser humano,
Em comunhão de respeito.
A ave solta as asas para voar,
O homem abre asas para criar,
Ambos na riqueza de ser feliz.

Gravata

Perdida na velha gaveta,
Desgastada pelo tempo,
Ela namora com o exílio,
Fica triste com o destino.

Pode ser parte do poder,
Talvez a força da forca.
Pode ser sonho no sono,
Talvez sombra profana.
Pode ser êxtase estético,
Talvez corda que corta.

Ela ficou no passado,
Fechou-se para a vida.
Escondida pela solidão,
Ela chora com emoção.
Escolhida pela sedução,
Ela dorme com gratidão.

E permanece reclusa,
Talvez pela eternidade,
Guardada no coração,
Com muita cor no corpo,
Que amplifica a beleza,
Com o silêncio ao lado,
Sem bravata ou nobreza.

A montanha

No percurso da montanha,
Avisto um homem sentado
Na borda do rio que banha
Seus pés frios e descalços.

Próximo ao monge ancião,
Que observa a velha colina,
Peço com voz de comoção
Os motivos da visão divina.

Na maturidade de sua paz,
O sábio explica que a vida
É como a montanha tenaz,
Precisa cuidado na subida.

Na ansiedade da ambição,
O homem corre para subir,
E o frenesi e a inquietação
Perturbam o valor de existir.

O sopé guarda a liberdade,
A semente fértil da alegria,
E as flores são de verdade,
Traz-nos cheiro de fantasia.

Já nos remansos da vertente,
Encontrados no meio da rota,
Seja grato, feliz e transigente,
Respire fundo o ar que brota.

Mas melhor é tirar a miragem
De conquistar o pico supremo
Que possui flora e paisagens,
Todavia espinhos ao extremo.

As flores da base ou do cume,
Ou da trilha íngreme da subida,
Todas emanam o puro perfume
E exalam rara essência na vida.

Anônimo

Se você quiser me encontrar,
Não olhe para o firmamento.
Lá cintilam astros e estrelas,
E eu sou apenas sentimento.

Se você quiser me encontrar,
Não suba na colina do castelo.
Lá tem regalias, nobres e reis,
E eu sou apenas paz no duelo.

Se você quiser me encontrar,
Desvie seu olhar daquele altar.
Lá tem deuses, santos e anjos,
E eu sou apenas o ato de amar.

Se você quiser me encontrar,
Evite ir ao topo da gameleira.
Lá você pode ver a floresta,
E eu sou apenas flor rasteira.

Se você quiser me encontrar,
Não olhe para lugares altivos.
Prefiro ser anônimo na trilha,
Para sentir a paz que cultivo.

Sou

Sou Bó e bondade,
Sou mineiro e Cruzeiro,
Sou Minas das meninas,
Sou pai e paz,
Sou gente gentil,
Sou moreno sereno,
Sou eterna ternura,
Sou flor e amor,
Sou natureza nata,
Sou educado e amado,
Sou ético e cético,
Sou prato e olfato,
Sou guerreiro e raça,
Sou canto e canção,
Sou melodia melódica,
Sou rock na rocha,
Sou poema e poesia,
Sou letra e leitura,
Sou amigo do inimigo,
Sou grato e sensato,
Sou simplicidade simples,
Sou lágrima e água,
Sou suor e calor,
Sou esporte e forte,
Sou calado e cálido,
Sou arte e Marte,
Sou pessoa e Pessoa,
Sou feliz e raiz,
Sou amante da vida.

Sou eu,
Sou sonho de paz.
Sou tudo,
E não sou ninguém.

Presente da vida

O passado,
O planejamento para a breve viagem,
Imaginação, avanço e aprendizagem.
A ilusão de sonhar com olhos abertos,
E crescer ávido para o futuro deserto.

O presente,
O maior bem do universo,
É paz, amizade e um verso,
É festa dos sonhos e sentimentos,
A celebração de ser dos momentos.

O futuro,
O destino da impermanência,
É dúvida, otimismo e ciência.
A ilusão de sonhar com olhos fechados
E regozijo eterno pelo céu conquistado.

O passado, o presente e o futuro,
A vida na nobreza da simplicidade:
É o amor, a gratidão e a felicidade.
A natureza, os amigos e a emoção.
A dádiva da família e a paz no coração.

"*A vida na nobreza da simplicidade: é o amor, a gratidão e a felicidade. A natureza, os amigos e a emoção. A dádiva da família e a paz no coração...*"

Maturidade

A jornada tem a velocidade de um raio
Que ilumina sua rota e transpassa o vento.
Enquanto os ciclos da vida são modificados,
A convivência traz lições sábias com o tempo.

Ter compaixão na vida,
Pois a tristeza e a solidão são sentimentos complexos,
Que causam dissonâncias e pensamentos desconexos.
Compaixão é levar sua bondade ao coração do ser alheio,
É ser médico da alma, com gentileza e carinho sem receio.

Simplicidade em ser,
Porque riqueza, beleza e conhecimento
Têm vida curta e podem causar tormento.
Simplicidade é tesouro de paz e serenidade,
Que leva o homem para o mar da tranquilidade.

Cativar a amizade sincera,
Pois tal como um jardim que requer cultivo e atenção,
Onde nascem plantas do bem e ervas sem emoção,
Os amigos leais são flores coloridas de vitalidade,
Que florescem e secam os espinhos da maldade.

Praticar sempre o bem,
A vida é um espelho temporal dos nossos atos cotidianos,
Que reflete na mente, na alma e no corpo do ser humano,
Verdade, lealdade e honestidade modelam sua dignidade,
A família, a fé e a humildade são fontes de plena felicidade.

O girassol sábio

O girassol humilde fita o Sol distante
E demonstra gratidão para a luz vital.
Carrega em si uma beleza esfuziante,
E na mente a sapiência quase imortal.

Mas a flor sábia tem ampla consciência
Que a beleza física é sempre passageira
E que o conhecimento na sua essência
Perde-se triste e sozinho nas trincheiras.

O girassol tem a felicidade como parceira,
Mas sabe que sua missão na caminhada
É aprender e ensinar como flor guerreira,
Deixando sua rara sabedoria na estrada.

E humilde roga para uma abelha faminta,
Que suga seu doce néctar em ritmo voraz,
Para carregar uma semente rara e distinta
E pedir ao vento para deixá-la cair em paz.

A fiel abelha cumpre seu instintivo destino
E a semente brota firme no campo florido.
Transforma-se em nova flor sem desatino,
Com a mesma nobreza do passado vivido.

Amigo da solidão

Hoje encontrei-me sozinho,
Do lado da solidão do escuro,
Desejo de qualquer amigo,
Seja antigo ou obscuro.

Perdido em meus devaneios,
O desejo secreto voa no ar.
Queria ter um amigo do peito,
Para a dor da solidão dissipar.

Olho para o espelho antigo,
Lá vejo um homem sorrir.
Seria ele generoso e leal,
Talvez um amigo, afinal?

Nos diálogos sem voz ou palavras,
Ele inspira um cavalheiro de valor.
Sinto vontade, firmeza e amizade,
Com imensa força da maturidade.

E assim, na solidão deixo de ser só,
Tenho um novo amigo ao meu lado,
Para juntos, com muita simplicidade,
Eternizar todo presente da felicidade.

Olhos marejados

Olhos castanhos, pretos e coloridos
Têm o poder de cativar toda emoção.
É notável e admirável o ser humano
Que expressa no olhar tal sensação.

O olhar sereno emite confiança e paz,
E traz o sentimento de rara mansidão.
Derruba o ser humano rude e bravio,
Perante o silêncio da sua comoção.

Olhos marejados denotam força interior,
Toda sensibilidade e sutileza em festa.
É lágrima reclusa que não quis nascer,
É timidez diante do mundo que a admoesta.

Se a gota teimar em navegar pelo rosto,
É prova do suor do trabalho do coração,
Que tem a honra de molhar a pele seca,
Para depois pingar no solo da emoção.

Mente e olhos se conectam recônditos,
A bênção da vida deve ganhar seu olhar,
Senão o pensamento fica preso em você,
Deixa a verdade tímida e para de brilhar.

Guerreiros do silêncio*

Um silêncio mortal,
Que explode na face da criança
E provoca feridas da lembrança.

Um silêncio mordaz,
Enquanto um pedido de paz
Sai da voz do olhar do menino.

O silêncio de sede,
E dos olhos virados para a parede
Caem lágrimas de pó seco de amor.

O silêncio de fome,
E da boca trêmula no rosto manchado
Saem palavras de fé e gritos calados.

A vida com dignidade,
Roga o coração do homem maduro,
Que chora triste com o mundo obscuro.

Este poema é uma homenagem às crianças vítimas de todas as guerras.

Tanta pressa

Para que tanta pressa?
Se a neve altiva da montanha
Derrete-se com o brilho do Sol,
E mansa forma o rio caudaloso,
Que navega sereno para o mar?

Para que tanta pressa?
Se nas quedas da cachoeira,
As águas somente se lançam
E caem na corrente dos olhos
Para regressar ao leito do rio?

Para que tanta pressa?
Se no remanso da natureza,
A árvore tranquila sombreia,
E calada permite ao homem
O descanso no colo do solo?

Para que tanta pressa?
Se o ser humano nasce criança,
E não decide o tempo de crescer,
Apenas cumpre a norma da vida,
Para no final da trilha adormecer?

Clave de sol na Lua

Na contemplação da lua cheia,
Vejo no centro do corpo celeste
A presença de uma clave de sol,
Pura criação da visão temporal.

É proibido criar metáforas?
Não, o que seria da nossa paz
Sem os sentimentos poéticos?

A Lua brilhante nasce para a vida,
Bela, cheia de mistérios e altiva,
E para ela traço uma clave de sol,
Fascínio pessoal do amor musical.

Os olhos sopram a voz da mente,
Eles podem falar com serenidade,
Levando claves de sol para o céu,
Com realismo virtual de felicidade.

Mas podemos gritar com agressão,
Para inibir os sonhos na lua cheia,
E desenhar dragões em seu lugar,
Para apagar a clave do astro lunar.

Permitamo-nos imaginar as claves,
Para cantar o brilho da nossa vida,
Também criar chaves na lua cheia,
Para abrir sonhos que nos rodeiam.

Perdão é liberdade

Perdão requer compaixão,
E quando você se perdoa,
Leva liberdade ao seu ser.
E perdoar sem um pedido,
Deixa paz dentro de você.

Se o futuro é incógnito,
O passado é sabedoria.
O ente que você era,
Não existe mais.
É outro alguém.

Perdoe quem errou outrora.
Leve amor às pessoas,
Sorria e perdoe a si mesmo.
E sinta compaixão pela vida.

Meta

No mundo longe de outrora,
Na ilusão da infinita aurora,
Criamos as metas materiais,
E corremos de forma tenaz.

Enquanto o tempo acelera,
A chama da paz se apaga.
E o valor mordido pela fera
Tem gosto de erva amarga.

Paz, pessoas e momentos,
São preços pagos para ter.
E a vida levada pelo vento
Somente tem valor no ser.

A verdade vem na maturidade,
E ensina-nos, com sabedoria,
Que ter amor pela simplicidade
Reduz a dor e cativa a alegria.

Amor pela vida

No seu caminho,
Sinta as flores,
Seja cores e odores,
Faça do bem a sua essência
E cubra de amor a existência.

Na sua estrada,
Derrame carinho,
Deixe o pássaro no ninho,
Construa em paz sua família
E invada de amor a guerrilha.

No seu percurso,
Exercite simplicidade,
Encha os olhos com verdade,
Deixe o seu coração prosperar
E distribua seu amor para amar.

Na sua trilha,
Ponha a natureza no colo,
Plante a compaixão no solo,
Faça das pessoas novos amigos
E dispare seu amor aos inimigos.

No seu trajeto,
Renasça sua criança,
Reme com esperança,
Destrua toda tristeza da memória
E seja âncora de amor na história.

Na sua vida,
Sorria para a felicidade,
Saiba ser elo de bondade,
Imprima dignidade na sua essência
E seja amor eterno em reverência.

"Sorria para a felicidade, saiba ser elo de bondade, imprima dignidade na sua essência e seja amor eterno em reverência."

A melhor viagem

Viajar é um raro prazer,
Traz-me sorriso pueril.
Sabores, cores e flores
Criam clima de sonhos
Que galanteia o desejo.

O planeta é imensidão,
Precisaria a eternidade
Para conhecê-lo inteiro.
Lugares, mares e bares,
Onde repousa o anseio.

Não importa qual cidade,
Nem a maravilha da arte,
Porque a melhor viagem,
Não está em local físico:
É no interior da pessoa.

A viagem do pensamento,
É trilha de conhecimento,
Que desnuda os mistérios,
Enterra os velhos traumas
E entrega a paz na alma.

O ego inflado de vaidade
É erva daninha da mente.
Deve ser cortada na raiz,
Para crescer a bondade
No jardim de simplicidade.

A jornada interior é música,
Um pássaro canoro da paz,
Deixa o passado no tempo,
Sem ser o futuro no agora,
E voa sereno no presente.

Evolução

A vida tem mistérios por essência.
Nascemos no berço da esperança
Para iniciar a trilha com prudência,
Depois tornar-se corpo de criança.

As pernas serelepes correm perto,
E gritos de felicidade ecoam no ar,
São garotos e gurias sem projetos,
Que criam laços amigos ao brincar.

As travessuras ficam no passado,
E o corpo delgado se transforma,
Com nova voz e dúvidas ao lado,
A mente contorna e se conforma.

O filme da vida tem o mesmo final,
Com o tempo sempre protagonista,
Que nos converte em adultos afinal,
Diretor e ator na cena mais realista.

O percurso escrito é sempre igual,
Pressão, ansiedade e velocidade
São pedras no caminho espiritual,
Provas para o homem de verdade.

O adulto aprende, enfrenta e luta,
Paralelo com o tempo que avança,
Para antes do final da cena adulta,
Retirar as pedras com esperança.

E o filme da vida segue sua trilha,
Para o homem maduro e sereno
Deixar apenas amor na sua ilha,
Para sorrir com o último aceno.

O último voo

Vida é voo de águia,
Rota curta ou longa,
E para viver e voar,
Permita-se pousar.

Passado é voo ido,
Pousou e terminou.
Futuro é voo contido,
Nem sequer começou.

E, para ser homem feliz,
Seja criança aprendiz.
Tenha paz de espírito,
E voe para o infinito.

E no último pouso
Da derradeira viagem,
Leve como seu presente,
A dignidade na bagagem.

Desafio aos olhos

O sonho tem armas na mão,
É preciso cautela na corrida,
Os olhos com visão externa
Perdem a chance de nos ver.
Pessoa não é somente corpo,
Mas uma mente em evolução.

O caminho mais perto de ser
É aquele que vai para dentro,
Que nos ensina o ser humano,
Com aulas de silêncio interior,
Para sempre desafiar a mente,
Que insiste no grito estridente.

O tempo é o mestre intimista,
E o amigo da alma recôndita,
Pede ao olhar ávido por reter,
Para mudar o sentido de ver,
E ser aliado de seu coração,
Para o repouso da mansidão.

Se seu tempo passa frenético,
E sua mente divaga delirante,
Feche os olhos para o mundo,
E seja o protagonista da vida.
Deixe o pensamento navegar,
E olhar para alma de serenar.

Colmeia no coração

Meu coração é colmeia
Onde se produz o mel
Conservado em potes
Que não se quebram
Porque o mel é mágico.
Não por eu ser um mago,
Mas porque o mel é paz.

As pessoas do bem
São abelhas operárias.
Sugam o néctar do amor,
Das flores do jardim,
E deixam mel abundante
Dentro do coração.

Gratidão para as pessoas
Que fizeram mel na vida,
E deixaram seu legado,
Do sabor do passado,
Que ficaram em potes,
Guardados no coração.

Novas abelhas nascerão
Para polinizar o mundo
Do amor tão necessário,
E manter o ciclo virtuoso
Da produção de mel
Dentro do coração.

E de amor vou vivendo,
Na colmeia do coração,
Que produz o mel da paz,
E permite vida às rainhas,
Mulheres nobres e imortais
Guardadas no coração.

Espantalho ético

Braços abertos na mãe natureza,
Fico firme na missão de proteger.
Sou espantalho da horta da ética
E da plantação dos valores de ser.

Diante do mundo com tanta maldade,
Seres do mal querem destruir a horta.
Não são aves no instinto de liberdade,
Mas humanos no pecado que exorta.

No Sol ardente ou na chuva torrencial,
Permaneço inerte com olhar sereno.
Os princípios não têm valor negocial,
São sementes encravadas no terreno.

No solo fértil enriquecido com valores,
Verduras da ética e moral são fortes.
São alimentos embutidos de sabores,
Que mantêm a dignidade como norte.

Com a inspiração na luta de princípios,
O espantalho tornou-se caminhante
Para sempre afugentar os ímpios
E permitir à horta crescer triunfante.

Viagem ao vento

Quando o vento vier,
E se quiser me levar,
Irei feliz nos seus braços,
Com o prazer de planar.

Se eu puder escolher,
Que seja no colo da brisa,
Na pluma leve do tempo,
Para descansar na divisa.

E se vier vento forte,
Tempestade na paisagem,
Não vou reclamar da sina,
Levarei garra e coragem.

Mas no presente momento,
Peço ao tempo e ao vento,
Muita paciência na viagem,
Preciso preparar a bagagem.

Respeito à rainha

Todo humano é sagrado,
Toda pessoa é respeito,
Toda mulher é sagrada,
Todo respeito é direito.

Toda mulher é rainha,
E se a alma da mulher
É seu castelo reservado,
O corpo da rainha
É seu palácio sagrado.

Seja castelo ou palácio,
Somente há espaço
Se a rainha permitir,
Se a mulher autorizar,
Se a rainha admitir,
Se a mulher desejar.

Se ela te aceitar,
Seja súdito gentil,
Seja cavalheiro,
Seja ser divino,
Respeite a alma
E o palácio feminino.

E se não te aceitar,
Seja súdito sutil,
Saia do caminho,
Siga seu destino,
Respeite o corpo
E o castelo feminino.

O silêncio da mente

A mente deve respirar,
E vagar devagar,
Deixar o vento soprar,
E levar a dor para outro lugar.

A mente deve cantar,
Criar a melodia,
Inspirar a poesia,
E sorrir em intensa harmonia.

A mente deve amar,
Encantar as pessoas,
Cuidar das almas boas,
E deixar a vida no mar navegar.

A mente deve silenciar,
Sorrir para a felicidade,
Cantar para congregar,
E deixar a paz na eternidade.

A exuberância do perdão

Perdão,
Palavra de essência gentil,
Mente em rebelião de amor.
Um complexo ato de se doar
Para incutir sentido à vida
E ser ebulição de felicidade.

Perdoe-se,
Não és perfeito ao mundo,
O passado moldou o futuro,
O erro poder ser ato imaturo,
Seja protagonista do perdão,
Sorria no reflexo da compaixão.

Perdoe,
Ninguém é perfeito ao mundo,
A evolução humana é complexa,
De visões múltiplas e desconexas,
Seja poço de lágrimas do perdão,
Para molhar a pessoa de gratidão.

Mas se o perdão não vier,
Pela sua imperfeição ao mundo,
Deixando algum ressentimento,
Seja nobreza no seu sentimento,
Mantenha o silêncio na compleição,
Que é perdão guardado no coração.

*"Perdão, palavra de essência gentil, mente em rebelião de amor.
Um complexo ato de se doar para incutir sentido à vida e
ser ebulição de felicidade..."*

Simplesmente em paz

O vento carrega lembranças
De um mundo envolto pelo tempo.
Na reflexão,
Sinto que a vida me trouxe serenidade,
Hoje e sempre.
As pessoas, a labuta e a luta,
Tudo se mostrou instigante e prazeroso.
A família, os amigos e o ser simples,
Tudo um sonho de criança.

Crescer e compreender a marcha,
Fazer dela a estrada da vida,
Enquanto o sentimento de gratidão
Se intensifica
E eternamente crava na mente
Os maravilhosos seres humanos.
Na trilha,
O compartilhamento de desejos,
E a força de vencer.

Não houve inimigos,
Não há adversários,
Exceto nossos desejos e ego.
A ansiedade e a ambição
Forjam o pensamento.
É preciso ter cuidado.
O passado em si
Tem a nobreza do legado da aprendizagem.

O presente se materializa,
Como uma dádiva celestial.
Viver o agora,
Com a experiência do passado,
Regada por sentimentos múltiplos.
Ser homem hoje,
E trazer a infância para o presente,
Com energia para sonhar.
Ser forte sempre,
Com a doçura da mente equilibrada,
Madura e dedicada ao bem.

A liberdade de olhar para o futuro
É algo surreal.
E ela avisa que o caminho da paz
É a simplicidade, sempre.
Ser a diferença na vida das pessoas,
Amar e carregar o valor da compaixão.
Existir, sonhar e compartilhar vida,
A essência da felicidade.

Sorrir na mente,
Celebrar a natureza,
E as pessoas de bem.
Construir nova trajetória,
Com o singelo ato de viver.
A música e o poema,
As flores e a chuva.

A vida flui para um destino
Único e permanente.
Com mais tolerância,
Menos desejos e mais fé.
Nada importa mais,
Apenas respirar e ser humano.
A vida simples representa
O ápice do ser humano.
A simplicidade sempre será
O desejo e o bem mais nobre.

Do outro lado do rio

Assim é a bênção humana:
Na essência do nascimento,
Na imponência da travessia
E na prevalência do destino.

E antes de atingir o final,
No caminho temos rios
Com leitos caudalosos,
Profundos e misteriosos.
Também temos riachos
Formados por águas rasas,
É fácil observar as bordas,
E molhar os pés descalços.

Sempre preferi atravessar rios
De correntezas velozes e fortes,
Desafiar a própria mãe natureza,
E sentir do outro lado da margem
O sabor do caminho da travessia.

Chuvas atemporais e enchentes
Transmutam a correnteza das águas,
Que pedem mais vigor nas braçadas,
Sem qualquer descanso ou parada,
Enquanto o tempo alimenta o destino.

Os mistérios e a profundidade do rio
São vistos somente na margem oposta,
É onde a visão periférica torna-se maior,
Para deixar-nos ver milhares de riachos,
E rios calmos para uma travessia melhor.

Nadar em águas turbulentas foi essencial,
Com braços e pernas contra a correnteza,
Para permitir chegar do outro lado do rio,
Que é ponto de partida para novas rotas,
Sempre por riachos rasos rumo ao destino.

Vaga-lumes

É crepúsculo,
O Sol escondido na mata fechada,
E eu sentado na solidão da varanda.
Meus pensamentos flutuam no ar
E os olhos fitam a copa das árvores.

Trovões são prenúncio da tempestade,
É a natureza no protagonismo da vida,
A mágica desenhada para ser planeta,
E sutilmente pintar paisagens na tela.

Cai a noite escura,
A vegetação não é mais vista.
Quem me dera ver a silhueta das árvores,
Nada além da visão para dentro de mim,
Que observa as sombras do ambiente.

De repente, luzes começam a cortar o céu,
Centenas de pontos cintilantes e serelepes,
Que se distanciam como raio do olhar atento,
Mas retornam ávidos com corpos reluzentes.

É claridade,
Não aquela desenhada pelo Sol matutino.
São milhares de vaga-lumes na noite escura,
Que deixam na minha face um tom brilhante,
E subjugam o medo pela beleza do momento.

O pânico acabou. Mas um fato causou arrepios,
Um pirilampo diferente voou na linha dos olhos,
O corpo franzino tem dezenas de fontes de luz,
Que tornaram aquela varanda um palco teatral.

Diante da surpresa, o inseto se aproximou,
E disse-me com voz serena de sabedoria,
Que o grupo era de vaga-lumes decanos,
Com vocação para doar luz às pessoas.

Cai a tempestade,
Eu, molhado e trêmulo de frio,
Ouço o pirilampo brindar a filosofia
E dizer que cada amor ganhado na vida
Cria no seu corpo uma nova luz cintilante.

A magia da felicidade está na bondade,
Na certeza da dádiva de amar o próximo.
E que nossa missão é ser luz no mundo,
Pelo mesmo dom de sermos iluminados.

A chuva finda,
Sonolento e molhado, levanto-me da cadeira,
Um pouco atordoado pelo cansaço noturno,
Começo a rir do devaneio infantojuvenil,
E caminho na direção da saída distante.

No trajeto, sinto algo estranho no corpo.
De dentro da camisa encharcada e fria
Sai algo rápido do lado esquerdo do peito,
Com tez macia que emana luminescência.

Reticente, mantenho passos da caminhada,
Quando, surpreso, avisto pirilampos no breu,
Que juntos iluminam a estrada até o portão.
Um deles paira no ar, ri e pisca na multidão.

Toda forma de poder

É preciso conspirar,
Ser aliado do amor,
Para remover a sede
De adoração do poder.

O poder não está longe,
Permeia nosso cotidiano:
No assento da gestante,
Na mesa do restaurante,
Na paciência com o irmão
Ou na garagem do ancião.

Em toda crítica política,
Pense nos valores morais,
O respeito do seu poder
Com pessoas e animais.
A relação do seu poder
Com as vantagens imorais.
A intenção do seu poder
Em cumprir as leis em paz.

Se seus olhos e atitudes
Conflitam com o discurso,
O tempo é sempre amigo,
Para mudar a mente agora,
Leve coerência sem perigo
Para seu filho que implora.

A viagem da vida é edificante,
Se levarmos o caráter na mala,
Para sermos sempre triunfantes,
Pela ação condizente com a fala.

Trincheira

Os corpos do meu lado,
Enfileirados na trincheira
Do inimigo dominado
Pelo poder bélico aliado.

Tudo é muito estranho,
Não são humanos mortos,
Mas assombrações do mal,
Inertes sem qualquer sinal.

Percebo que o ódio impotente
Agoniza com a mágoa ferida.
Toco na soberba imponente,
Mas com a pele fria sem vida.

No buraco curto da trincheira,
Vejo a inveja e a cobiça caídas,
Que suspiram a dor derradeira,
E abraçam a luxúria destruída.

Mais adiante, com cuidado,
Fito a preguiça e a avareza,
Parecem ser fracos soldados,
Mas amantes da finada tristeza.

Diante do fim das sombras do mal,
Dirijo-me cético para o líder vitorioso
Para entender a força e o poder letal
Que dilapidaram todo inimigo furioso.

Amor, compaixão, bondade e verdade
São algumas bandeiras virtuosas do bem.
Não é preciso qualquer ação de maldade
Para suplantar os pecados de ninguém.

A trincheira está apenas no pensamento,
Que erra e permite brotar o mal no coração,
Devemos semear o bem a todo o momento,
Deixar que a felicidade seja eterna adoração.

E o líder com a insígnia da humanidade,
Elimina a trincheira do meu pensamento,
E me entrega as bandeiras da felicidade,
Que carrego nas mãos ao som do vento.

Chuva da paz

A tarde vem,
E a chuva molha meu corpo.
Para o céu elevo meus braços abertos,
É pura gratidão pela bênção de bem viver
E pelo simples prazer da liberdade de ser.

A chuva cai,
Gotas navegam no rosto,
E a meditação acalma o pensamento.
Surge um jardim feliz de flores coloridas
E um cenário escuro com ervas malditas.

A chuva cai,
É um temporal.
As águas da paz inundam a mente,
São fontes de vida para a flora do bem
E força mortífera para as plantas do mal.

A tarde vem,
E a chuva cai.
Lágrimas caem na face e nos braços,
No pensamento curado pelas águas da paz,
Restam pujantes apenas flores nos espaços.

Os sentidos do silêncio

O olhar contemplativo adentra a mente
E o cérebro ameno reflete o ambiente,
Busca na janela da alma a fonte da paz.
O silêncio dos olhos tem força audaz.

O toque silencioso tem sua missão,
Na pele espelha o desejo mental,
Pelos eriçados refletem a emoção.
O silêncio do corpo tem poder vital.

Ouvir a mansidão é flutuar no ar,
Palavras parecem plumas ao vento,
Que pousam nas folhas do pomar.
O silêncio é ouvido pelo ser atento.

O cheiro da arte no campo de lavanda,
A flor púrpura intensifica a força olfativa,
Um tapete de perfume intenso encanta.
O silêncio inspira paz que a vida cativa.

O néctar da flor é fonte para o mel,
É gosto de vida no paladar da alma,
Propicia a felicidade e leva ao céu.
O silêncio é o doce sabor da calma.

A maturidade e o silêncio são irmãos,
Ambos têm a força da simplicidade,
No remanso da mente sem confusão.
O silêncio é o sossego da verdade.

A dicotomia do abismo

Os passos são lentos contra o vento,
Na caminhada com os olhos atentos,
Rumo ao quadro de moldura sobrenatural,
Na linha do abismo pintada pelo lirismo.

O conflito das rotas de destinos paradoxais
Medita nos caminhos dos sentidos da vida.
O equilíbrio dos deuses e seus súditos mortais
Pode definir o ritmo e rumo da mente sentida.

Contemplar o horizonte é beber água da fonte,
É insinuar voar nas asas da imaginação,
Ou seguir para o solo de algodão pela ponte,
Que tem o brilho reluzente da estrela da canção.
É o reflexo imponente e crescente
Da inspiração dos poetas de ilusões certas.

A profundeza sem a beleza do abismo
Conquista o voo cego para o espaço finito.
É a vontade centrada no íntimo sem realismo
Que reforça a ruptura com a vida em um rito.
Se a compaixão amplia a visão antagônica,
A dúvida da vida impera sem nota harmônica.

A felicidade floresce no coração em solo firme,
Enquanto a viagem lúdica que leva ao imaginário
Fica equilibrada na eternidade do amor e da razão.
E o sorriso fica explícito no horizonte espacial.
Viver bem é decidir pela virtude do bem,
A escolha da vida refletida no espelho final.

Senhor do tempo

O tempo passa,
Mas eu somente
Passo no tempo
Leve e sereno.
Não há relógio,
Nem ponteiros.
Sem pressa,
Sem ansiedade.

O tempo
É algo distante
Que não vejo,
Nem quero,
Porque tudo na vida
Tem seu único tempo.
Nada é permanente,
Nem o ato de viver,
Que passa.

E se o tempo
Quiser ser meu amigo,
Um companheiro fiel,
Podemos conversar,
E ser como o ar,
Parceiros ao respirar.

Mas se o tempo
Não puder parar
Um segundo sequer,
Deixo meu lamento,
Porque vou continuar
Com meu passatempo:
O doce prazer de viver
Sem me preocupar
Com o tempo
Que passou.

"Porque tudo na vida tem seu único tempo. Nada é permanente, nem o ato de viver, que passa..."

Olhos da verdade

Olhos reluzem com a verdade,
As lágrimas caem pela retidão.
O olhar é ave de sinceridade,
Que pousa suave no coração.

A verdade do olhar emite som,
É uma voz serena e musicada,
Que leva ao interlocutor o dom
De sentir a emoção abençoada.

Os olhos fitam o solo na mentira,
Vergonha dura para a dignidade,
Que provoca sentimentos de ira,
A mente que mente é temeridade.

E os olhos molhados pela verdade
Fecham-se na paz do travesseiro.
A consciência é sono de liberdade,
Que adormece com o sonho ligeiro.

Presente de Natal

Querido Papai Noel,
Eu sempre fui um bom menino.
Bem, pelo menos, eu pensava assim.
O senhor se lembra da última carta?
Ela não foi uma missiva manuscrita,
Foi um pedido dentro do pensamento,
E o senhor prometeu-me um presente,
Que é um diamante lapidado de amor.

Eu nunca esqueci
Da promessa concedida para o garoto.
Pensei que o senhor havia se esquecido,
Ou perdido meu pedido nas andanças,
Nas confusões pelo trabalho exaustivo.

Mas confesso agora,
A bênção de sonhar já era um presente,
Que me preparou para ser bem melhor.
Mas o senhor, com a sabedoria paterna,
Entregou-me a pedra preciosa da paz,
Que foi lapidada pelas águas do tempo.

Com a sensibilidade imersa na gratidão,
E com a alma da paz como companheira,
Ouso pedir ao senhor uma última dádiva.
Gostaria de ganhar sua ajuda na missão
De levar a mesma paz interior ao mundo,
Com fraternidade e amizade no coração.

Recado de paz

Dou-te minha paz,
O silêncio nos meus olhos,
A mansidão dos sentimentos,
E a bondade em pensamentos.

Meu arsenal de bandeiras brancas
Flamula manso ao sabor do vento.
O fuzil carregado de balas de amor
Dispara rajadas certeiras no tempo.

O solo coberto de flores multicores
Esconde surpresas na terra cavada.
São minas explosivas de corações,
Que aniquilam a maldade encravada.

Guerra ou paz é questão de escolha,
É preciso apenas cautela da mente.
Para o inimigo desejo o bem eterno,
E abraços fraternos como presente.

Dou-te minha paz,
A bondade nos meus olhos,
O silêncio dos sentimentos,
E a mansidão em pensamentos.

Todo desejo

Teu amor é passado,
Mas guardei o doce presente,
O saudoso dia de enamorados,
Que desenha sua face na mente,
Todo desejo de estar ao seu lado.

Já te esqueci,
Mas lembro-me da única canção,
O símbolo musical do nosso amor,
A poesia e a melodia em conexão,
Todo desejo dos lábios de calor.

Não te quero,
Mas sinto a saudade queimar,
Na solidão do vinho dominical,
Na lembrança da sala de estar,
Todo desejo de ter você afinal.

Você não existe mais,
Mas o seu perfume permanece,
Doce como a sua voz silenciosa,
O cheiro que nunca desaparece,
Todo desejo de senti-la formosa.

Quero você distante,
Melhor não se aproximar de mim,
Imagina sentir sua presença fatal,
Enfeitada pela felicidade sem fim,
Todo desejo do amor sobrenatural.

Liberdade

Ser livre é cultivar paciência,
É integrar a corrente sem elo,
É abraçar o amigo do tempo,
Liberdade é poder ser singelo.

Ser livre é ver a manhã de Sol,
É regar as orquídeas no horto,
É contar todas estrelas do céu,
Liberdade é ser barco no porto.

Ser livre é festejar simplicidade,
É criar um mundo de mansidão,
É sorrir para ganhar afabilidade,
Liberdade é abrir nosso coração.

Ser livre é evoluir sem ter meta,
É vagar sereno no pensamento,
É coibir a ameaça da hora certa,
Liberdade é ser paz do momento.

Ser livre é vivenciar a respiração,
É inspirar o silêncio da floresta,
É expirar toda alegria na canção,
Liberdade é levar a vida em festa.

Ser livre é caminhar com a alma,
É meditar na busca da bondade,
É celebrar a gratidão com calma,
Liberdade é chuva de felicidade.

Mágico em sonhos

Quisera eu ser um mágico,
Não pela vaidade intrínseca de ser,
Tampouco pelo brilho do olhar infantil.
Sim, a presunção não tem mais valor,
Depois que a maturidade nos abraça.

Um mágico capaz de mudar o mundo,
Incutir nas pessoas a dádiva do bem,
Ser amigo de todos seres humanos.
Fazer do inimigo uma nova amizade,
Extirpar toda pobreza da sociedade.

Um mágico com poderes especiais,
Para aniquilar a guerra entre povos,
Para eliminar o preconceito mortal.
Ser inspiração para homens novos,
Ser solução para o mal ambiental.

Um mágico,
Que acredita na vida de fraternidade,
Que incendeia o mundo de bondade,
Que faz do amor a bandeira da idade,
Um mágico com sonhos de felicidade.

Seu colo

Lembrei-me do seu colo,
Meu eterno porto seguro,
O berço do meu acalanto,
O solo firme do meu futuro.

Lembrei-me do seu colo,
O palco para expor a dor,
O ninho do pássaro ferido,
A cura do medo escondido.

Lembrei-me do seu colo,
Conectado com a mente,
Efeito da telepatia do amor,
Conectado com seu calor.

Lembrei-me do seu colo,
Lembrança do que choro,
Nuvem branca de algodão,
Chão de pluma de paixão.

Lembrei-me do seu colo,
De suspiros fartos ao léu,
O sorriso alto que venero,
O poço de ciúme do céu.

Meditação

Feche os olhos
Para ver o quadro colorido.
E se o pincel não aparecer,
Mantenha a mente aberta
E seja paciente consigo.

Feche os olhos,
Insista no sonho de cores,
Converta a imagem em flor,
Um tapete de pétalas de cor,
Total silêncio sem rancores.

Feche os olhos,
E siga a mente que busca
O azul do campo celestial,
Na linha do Sol que ofusca,
Nas cores múltiplas do vitral.

Feche os olhos,
Deixe a visão na liderança,
Para conectar com a mente,
Para engajar a esperança,
O pote de ouro no arco-íris.

Feche os olhos,
E quando não tiver cores,
Nem lembrança de amores,
E todos sentidos na calma,
A paz alcançou a sua alma.

Céu que chora

Nas barragens,
Espreita a lama da morte,
O resto do minério forte,
Misturado com a arma,
Que é fonte de tristeza.
Misturado com a alma,
Que é fonte de riqueza.

Na paz da simplicidade,
Os anjos jogam plácidos,
Dormem para os sonhos,
Sem saber que a partida
Foi vencida pela negligência
Diante do gol da impunidade
Uma falta batida com violência.

Hoje choveu,
Um temporal atemporal,
Não é natureza em profecia,
São lágrimas dos deuses,
Em luto pelas almas
Que subiram ao céu
Em voo inesperado.
Deus, Tlaloc e Tupã,
Thor, Chaac e Zeus,
Rogamos por piedade.

No devaneio,
Com lágrimas contidas,
Entro no estádio celeste,
Palco do jogo das estrelas,
Um evento na arena da paz:
Os Mineiros de Brumadinho
Versus Meninos Rubro-negros.

De repente ouço estrondos,
Não são raios nem trovões,
São gritos estridentes de gol,
Feito com drible de felicidade,
Com estratégia de conviver,
Sem a ambição de vencer,
Para poder depois relaxar,
No remanso do vestiário,
No retiro da eternidade.

Anjo

Sou amor puro e incondicional,
Para a bela de serenidade,
A fina flor que desabrocha,
E deixa perfume de felicidade.

Ela é como anjo,
Toda excelência de ser humano.
Ela desceu do céu,
Toda essência do ser que amo.
Ela é doce feito mel,
Toda existência num oceano.

Um pedaço de mim,
Com orgulho bom da mente,
Uma moça com voz amena,
Para encantar a alma leve,
E cantar paz em toda cena.

Fernanda é neve de inverno,
Que umidifica o olhar paterno,
Que deixa na mente a emoção.
Toda adoração por essa moça,
Uma explosão de paz interior
E estrondo de amor no coração.

Este poema é uma homenagem à Fernanda, filha iluminada pela luz do amor.

"Toda adoração por essa moça, uma explosão de paz interior e estrondo de amor no coração..."

Dialética entre o amor e a paixão

Há coisas que a semântica complica,
E extravasa a dialética das relações.
Uma delas é de que o amor é longevo,
O ato incondicional além dos defeitos,
E que a paixão é somente ato intenso,
Uma idolatria louca limitada pelo tempo.

Os sábios citam que o amor é comunhão
E que a paixão é apenas atração física.
Ora, diletos filósofos conjugais de plantão,
Julgo estranho segregar amor e paixão.
Sempre fui apaixonado pelo amor,
E também tenho amor pela paixão.

Dentro do conceito preestabelecido,
Em cada amor que o tempo me trouxe,
E em cada paixão desenhada no tempo,
O protagonismo de ambos esteve presente.
São irmãos siameses ligados pelo coração,
Em ato único para oferecer inteira emoção.

Não conseguiria amar sem me apaixonar,
Nem nunca ter paixão sem conceder amor,
Porque os relacionamentos precisam ser:
Humanos, atemporais, românticos e intensos,
Porque tudo que é feito no coração é nobre,
E por isso não precisa de qualquer explicação.

Rogo aos amigos filólogos e lexicógrafos:
Que tal ressignificar o amor e a paixão
Para não haver múltiplas conotações?
E alterar nos dicionários os sinônimos,
Da paixão: o amor que ficou no tempo.
Do amor: a paixão que dura o infinito.

À noite

Toda noite,
Tem Lua e estrelas
Que iluminam o espaço
E amenizam todo escuro.

Mas se acaso os astros,
Escondessem-se no infinito,
A noite nunca ficaria sombria,
Porque ela tem brilho próprio,
Que é a luz do silêncio na escuridão.

Na noite negra a mansidão explode:
No divã da reflexão dentro da mente,
No sono espiritual das pessoas de bem
E no sonho sereno para quem merece.

E quando a manhã beija a noite,
Na despedida para o novo dia,
Podemos fechar os olhos,
Para criar nossa própria noite,
E escolher sentimentos puros,
Para refletir na paz do silêncio,
Para incutir a calma na alma,
E poder, serenamente,
Sonhar e sorrir.

Paixão e respeito

O amor é corrente,
Uma conjunção abstrata
Formada por elos do bem
Que se inicia com a paixão,
O elo que domina o coração,
E termina no elo do respeito,
Que repousa dentro da mente.

Mas nem tudo é perfeição:
Se os abraços são serenos,
Se os beijos perdem o calor,
Quando o olhar se torna seco.
São sinais de perda da paixão,
Que é a essência do amor.

Os amantes se distanciam,
Não mais encenam o amor,
Nem acenam para a plateia.
O elo da paixão sai,
Para ficar a saudade.

Para manter a corrente,
O elo da saudade
Fica preso ao respeito,
Guardado e petrificado,
Eternamente,
Dentro da mente.

Homem de honra*

Na memória, fica a lembrança materna.
No coração, mora a admiração eterna.
Um homem com sua garra exemplar
Leva água aos olhos e luz ao olhar.

A porta se abre em firme reverência.
Para o simples menino admirar o ser,
O encontro do homem e sua vivência
Deixam na infância asas para crescer.

A face sela o semblante semelhante
E leva felicidade ao ser coadjuvante.
O reflexo físico é um orgulho natural.
Um sorriso encanta o menino mortal.

A pujança da força de sua compleição
É ínfima perante todo seu valor moral.
Pura integridade da alma e do coração
E um homem de honra de paz espiritual.

O homem das virtudes tornou-se estrela,
Há tempos foi ser brilhante no firmamento.
E minha gratidão traduz-se nas palavras,
Em versos que expressam tal sentimento.

Este poema é uma homenagem ao saudoso tio Sebastião Mariano, exemplo de integridade, caráter e dignidade, um verdadeiro homem de honra.

Tempo de sonhos*

Foi mais que um sonho,
Talvez o êxtase maior,
Repleto de emoções
E luxúrias sentimentalistas.

Foi maior do que a consciência
E o coração poderiam conhecer.
O fruto de um esforço digno,
Um selvagem e sua caça.
A razão dentro da mente
E o coração a toda prova.

Exorcismo sentimental,
No cume de uma sobre-humana decisão
Que frutificaria na vida a ser seguida.
O campo profissional e psicológico
A ser determinado pela vivência.

Dois lados, dois corações e várias razões,
Que seriam descobertas em algum lugar,
Que praticariam o seu masoquismo,
Um arrependimento sem qualquer motivo.

Um mar de nuvens que norteia a mente,
O espaço verde que aflora em um vão,
As diminutas casas e pessoas,
Como se o mundo fosse pequeno.
Tal como um pensamento,
Mas grande como um desejo.

Não caberia nunca à mente humana
Decidir sobre o que nos corrompe,
Que nos desvencilha do real,
Para um imaginário mundo de ilusões,
Que passariam a integrar a realidade.

Fatal para o coração e a mente,
Subestimada pelo próprio subconsciente.
Uma loucura na qual o pensamento viaja,
O corpo flutua e o coração se comprime.

Caminho ao centro da decisão.
Na consciência, a esperança
De poder vencer,
De alcançar o sonho,
Antes tão desejado.

Em nome do Pai,
Faço uma prece nervosa e conturbada,
Pelas exigências da própria mente.

Fecha-te, coração,
Não, não abra tuas portas.
Mantenha-as fechadas.
E apenas voe,
Deixe a mente voar...

Adaptação de texto escrito em julho de 1987.

Verdade da paz

O caminho de ser
Começa na mente,
Com desejos de bem
Dentro de pensamentos
Que devem ser serenos.
Com desejos de paz,
Dentro de sentimentos
Que devem ser puros.

Se o bem que se pensa
Tem reflexo nas palavras,
Com a coerência da fala
E dos gestos corporais,
Não haverá gritos,
Nem qualquer raiva.
Não haverá mágoa,
Nem sinal de tristeza.
Poderemos perceber
Sensações do bem
Nos sorrisos gentis,
Na calma do silêncio,
Na felicidade de ser.

E mais além,
Se o bem que se pensa,
Traduzido em palavras,
Ganha o gesto da ação,
O caminho se completa,
Permitindo que a mente,
A palavra e o exemplo,
Sejam sintonia na rota,
Para que, em linha reta,
Sem pedras ou desvios,
Purifique a alma do ser,
E deixe-o no seio da paz.

Sonho e gratidão

Em cada sonho,
O sabor da esperança.
Em cada sonho,
O sinal da dedicação.
Em cada sonho,
O selo da perseverança.

E em cada conquista,
Não se pode esquecer,
De ser eterna gratidão,
Para todo ser humano,
Que nos trouxe a lição.

Gratidão,
Para as pessoas da trilha,
Que fizeram o bem
E ficaram
Guardadas no coração
Pelos ensinamentos
De cumplicidade
E de amizade.

Gratidão,
Para as pessoas da trilha,
Que fizeram o mal
E ficaram
Esquecidas no coração,
Mas com ensinamentos
De compaixão
E de perdão.

Explosão de paz

Eu me recolho para o canto
Para ver o menino do tempo,
Com olhos de sonhos de paz,
No silêncio tímido da mente.

Ele sonha
Com sorrisos ardentes
No rosto das pessoas.
Com a bondade humana,
Nas relações mundanas.

Ele sonha
Com o abraço fraterno,
Com o aperto de mão,
Com o amigo sincero,
Com amor no coração.

Ele sonha
Com olhos molhados,
Para a criança ser feliz,
Para ver a fome partir,
Com destino ignorado.

Ele sonha
Que a vida tem um lado,
Somente de felicidade.
Que a verdade impera,
Sem vício de maldade.

Ele sonha
Com a paz de espírito,
No caminho do tempo,
Com a missão cedida,
De voar ao topo da vida.

Ele planta,
Nos sonhos abstratos,
Todas verdades reais,
Nos amores iludidos,
O respeito concedido,
Mesmo sendo humano,
Ser perfeito jamais.

O caminho se ajusta,
E o sonhador na luta
Sela o destino da vida
Com fontes de água
Criadas pelo sonho
Para esfriar as pedras
Que queimam os pés
E ardem na mente,
Em vãos pensamentos.

E na conjunção dos fatos,
Não importa se perfeitos
Ou imperfeitos no formato,
Sai a Lua na noite escura
Para iluminar a estrada
E deixar o menino passar
Para ser homem adiante.
A paz interior tão sonhada
No sono explodido no canto.

E na linha da vida,
A vitória é poder sorrir,
Sem derrotas ou mágoas,
A certeza unânime
De que a vida é árvore
Que precisa de cuidados
Para ser verde e frondosa
E dar frutos na maturidade.
Frutas doces e saborosas,
Denominadas de paz,
Que podemos colher.

Necessário, então,
Plantar a semente,
Regar a muda crescente,
Levar sol e chuva à terra,
Metáforas para os valores,
Os princípios morais e éticos,
Em contraponto aos pecados,
Para formar a flor do caráter,
Prenúncio do fruto da paz.

E se cada árvore formada,
De cada humano na Terra,
Puder conceber os frutos,
Não haverá fome de amor,
Não teremos guerra e dor.
O ser humano será apenas
O sonho de paz da criança.

Não há razão
Para deixar de ser menino,
Para não ter o sono infantil,
Porque dormir é para sonhar
E extrair do subconsciente
Os desejos mais profundos.
Para jogar amor ao mundo,
Um arsenal para a vida,
Uma explosão de paz
Na alma e no coração.

"Os desejos mais profundos. Para jogar amor ao mundo, um arsenal para a vida, uma explosão de paz, na alma e no coração."